DECLARATION
DV ROY,
Sur l'Edict des Greffes des Insinuations Ecclesiastiques,

Auec l'Estat, Reglement, & augmentation des taxes & droicts y attribuez.

A POICTIERS,

Par IVLIAN THOREAV, Imprimeur ordinaire du Roy & de l'Vniuersité.

M. DC. XXXXIV.

Suiuant la coppie Imprimée à Paris, Par ANTOINE ESTIENE Imprimeur du Roy, 1626.

Auec Priuilege de sa Majesté.

(30)

OVIS par la grace de Dieu Roy de France & de Nauarre: A tous ceux qui ces presentes Lettres veront, Salut. Combien que pour remedier aux abus, déguisements, & falsifications qui se commettent és prouisions & Actes cõcernans les matieres Beneficiales, les Roys nos predecesseurs ayent par plusieurs Edicts & Declarations, Statué & ordonné que tous lesdits Actes, Bulles, prouisions & titres des Benefices, seroient insinuez & enregistres, & que pour cét effet ils ayent crée & erigé vn Greffier des Insinuations en chacun Diocese, mesme qu'ils ayent declaré lesdictes Bulles, actes & prouisions non Insinuées, nulles, & les Benefices vacants & impetrables: toutesfois lesdites Ordõnances ont esté si peu obseruées que les abus non seulement ont continué, mais ont tellement augmenté, que les Duputez du Clergé de ce Royaume nous ont par plusieurs fois supplié y vouloir apporter quelque remede, & entre autres leur permettre de retirer lesdits Greffes, & les tenir par leurs mains pour essayer par ce moyen faire cesser lesdits abus, & obliger les Beneficiers à Insinuer lesdits actes: ce que

n'ayant reuſſi comme ils eſperoient, ils nous ont
derechef en cette Aſſemblée derniere remõtré,
que, puis que ladite Ordonnance, pour faire In-
ſinuer les actes concernans les Benefices, eſtoit
iugeé neceſſaire & vtile pour le bien de la police
Eccleſiaſtique, qu'il eſtoit auſſi beſoin d'y appo-
ſer quelque contrainche par deſſus les autres,
portées par nos precedents Edicts pour la faire
executer, & que la plus certaine eſtoit d'ordon-
ner que les Greffiers deſdites Inſinuations peuſ-
ſent faire appeller pardeuant nos Iuges ceux
qui n'auroient Inſinué leurs prouiſions & actes
ſujets à l'inſinuation dans le temps porté par
les Edits, & les contraindre au payement des
droits, ſuiuant l'Eſtat qui en ſeroit arreſté en noſtre Conſeil. Pour ces cauſes & autres bonnes
& iuſtes conſiderations, SÇAVOIR FAISONS
qu'ayants mis cét affaire en deliberation en noſtre Conſeil d'Eſtat, de l'aduis de la Reyne noſtre
tres-honorée Dame & mere, aucuns Princes de
noſtre ſang, Officiers de Noſtre Couronne, &
autres grands & notables perſonnages de noſtre-
dit Conſeil, Nous auons dit declaré & ordonné, diſons, declarons & ordonnons par ces pre-
ſentes, ſignées de noſtre main: VOVLONS &
nous plaiſt, que tous les Edits faits par les Roys
nos predeceſſeurs ſur l'inſinuation des prouiſions & actes concernants les matieres Beneficiales, ſoient à l'aduenir inuiolablement gardez
obſeruez & entretenus ſelon leur forme & te-

neur, & particulierement que toutes les Bulles
titres, prouisions des Benefices & autres actes
specifiez & declarez ausdits Edits, & estat cy at-
taché sous le contre-seel de nostre Chancellerie,
soient insinüez és Greffes desdictes Insinuations dans les termes prefixs par nos Ordonnances, & des Roys nos predecesseurs: autrement &
à faute de ce faire, Nous les auons des à present
declarées nulles, & de nul effet & valeur, defen-
dons à toutes personnes de s'entremettre en la
iouïssance des Benefices, à eux octroyés soit par
nostre S. Pere le Pape, par nous, ou par les Ordinaires, que leurs Bulles, prouisions & actes de
prise de possession ne soient insinüez, lesquels
nous leurs enioignons de faire insinuer dans vn
mois apres ladite prise de possession, autrement
& à faute de ce faire declarons des à present ladite prise de possession nulle & de nul effet, sans
que la continuation d'icelle leur puisse acquerir
aucun droit. Et neantmoins à faute de faire par
lesdits Beneficiers & autres insinüer lesdits til-
tres & actes: Nous voulons & ordonnons qu'ils
puissét estre côtrainects à ce faire par nos Iuges &
à payer les droits pour ce deuz ausdits Greffiers
selon le Roolle & estat cy-attaché: Et pour cét
effet permettons ausdits Greffiers & autres qui
tiendront lesdits Greffes à ferme, de faire appeller pardeuant nosdits Iuges ceux qui n'auront
fait insinüer leurs prouisiôs & autres actes sujets
à l'insinuation pour se voir condamner au paye-

ment desdits salaires : VOVLONS & enten-
dons qu'en tous actes sujets à insinuation qui
s'expedieront en nostredit Royaume, terres &
Seigneuries de nostre obeissance, par les Secretaires des Archeuesques, Euesques, Abbés,
Prieurs, Greffiers, Notaires Apostoliques &
autres, il y soit inseré clause expresse, portant
injonction de les faire insinüer dans le temps
susdit aux peines portées par les Ordonnances:
& qu'iceux Secretaires, Greffiers, Notaires &
autres, soient tenus de fournir de trois en trois
mois aux Greffiers des insinuations Ecclesiastiques, ou leurs Commis, exerçants leurs Greffes,
vn memoire ou estat au vray signé & certifié
d'eux des actes qu'ils auront expediés sujets à
insinuation, afin de pouuoir par eux faire pour-
suitte, & se pouruoir pardeuant nosdits Iuges,
pour le payement desdits droits : Ordonnons
aussi que tous ceux qui feront insinüer les actes
cy-dessus ou aucuns d'iceux, le feront en per-
sonne ou par Procureur specialement fondé :
lequel fera pareillement insinüer sa procuration,
en vertu de laquelle il fera ladite insinuation:
VOVLONS que foy soit adjoustée aux extraicts
desdits Greffes, faits & pris sur les originaux
des pieces insinuées côme aux originaux, special-
lement contre les insinuants. Et d'autant que par
nos Edits & Declarations precedentes, Nous
auons attribué la cognoissance de tous differéts
entre les Receueurs particuliers des Decimes,

& les Beneficiers, pour raiſon de leur taxe, payement d'icelle, ſaiſie & eſtabliſſement de Com-
miſſaires, reddition de comptes, & generallemēt
de tout ce qui concerne leſdites Decimes, aux
Eueſques & Deputez de chaque Dioceſe, en
premiere inſtance, & par appel aux grands Bure-
aus, Nous voulōs que leſdits Greffiers exercent
ladite fonction de Greffier deſdits grands &
petits Bureaux eſtablis éſdits Dioceſes és villes
de leur reſidence, reçoiuent & deliurent tous
actes qui s'expedient & donnent par leſdits
Eueſques & Députez, à la charge de ſuiure la
meſme forme & maniere d'expedition, qui s'y
practique à preſent, & ſe contenter du meſme
ſalaire qu'en perçoiuent ceux qui l'exercent:
Leſdits Greffiers outre le ſerment qu'ils doiuent
faire & preſter pardeuant nos Iuges, pour raiſon
deſdites Inſinuations, introduits principalement
pour ſeruir au Iugemens deſdites matieres Beneficiales, ſeront tenus preſter auſſi ſerment pardeuant les Eueſques & Deputez en chacun Dioceſe. Leſdits Greffiers Gardes-nottes, auront
au dedans des Hoſtels Epiſcopaux, ou proche
d'iceux, vn lieu & Eſtude affecté à la demeure &
exercice de ladite charge, au dedans duquel en
lieu propre & commode, ſeront gardez tous les
Regiſtres & actes : leſquels n'en pourront eſtre
tranſportez pour quelque cauſe & occaſion que
ce ſoit. Et aduenant mutation aux Offices par
mort, reſignation, ou autrement, les veſves

& heritiers ne pourront emporter lesdits Papiers, Actes & Registres, ains demeureront en la possession du successeur en ladite charge, ainsi qu'il se practique aux Greffes de nos Parlemens, & autres nos Sieges: afin que lesdits actes enregistrés soient conserués, & non dissipez au grand prejudice de nos subjets: Toutesfois sera fait estimation de la valeur de la prattique de celuy qui sera decedé ou sera depossedé pour en estre remboursé auec le pris de l'Office par celuy qui entrera en son lieu, eu égard au temps qu'il l'aura exercé: permettons aux Deputez des Dioceses, de rembourcer les anciens Greffiers desdites Insinuations de la Finance actuellemēt payée, ensemble les loyaux cousts, moderez à trente liures, & iceux remboursez, reuendre lesdits Offices, pour en iouyr par les acquereurs & leurs successeurs en titre d'heredité, & aux droits Priuileges & inmunités attribués ausdites charges par les precedents Edits, & sans qu'ils puissent cy apres vacquer en leur personnes, ains feront conseruez à leurs vefues, enfants & heritiers, ou si mieux ayment lesdits Deputez des Dioceses, les bailler à ferme, dont le pris ne pourra estre employé qu'au profit des Beneficiers des Dioceses, & à la descharge & acquit des sommes imposées sur eux pour nostre seruice en ces dernieres assemblées: SI DONNONS EN MANDEMENT à nos amez & feaux Conseillers, les Gens tenans nostre Cour de Parlement à Paris, que ces presentes ils façent lire publier, & regiftrer, & le contenu en icelles entretenir, garder & obferuer felon fa forme & teneur, fans permettre qu'il y foit contreuenu; Et à tous Baillifs, Senefchaux, & autres Iuges Royaux, chacun endroit foy de faire pour l'execution de cefdites prefentes, tout ce dont ils feront requis, conformement à la teneur d'icelles. Et d'autât qu'on en aura befoin en plufieurs & diuers lieux, nous voulons que fur la coppie deuëment collationnée par l'vn de nos amez & feaux Confeillers & Secretaires ou faicte fous feel Royal, foy y foit adiouftée & le contenu en icelle mis en execution, comme en vertu du prefent original : CAR tel eft noftre plaifir, nonobftant tous Edits, Declarations, Arrefts, & Reglements à ce contraires, aufquels &, à la dérogatoire des derogatoires y contenuës, nous auons derogé & dérogeons par cefdites prefentes. En temoin dequoy nous auons à icelles fait mettre noftre feel. DONNE' à Paris le dernier iour de Decembre l'an de grace mille fix cens vingt-cinq, Et de noftre Regne le feiziéme. Signé, LOVYS, Et plus bas par le Roy, DE-LOMENIE, Et fçellé du grand Sçeau de cire jaune.

ESTAT ET REGLEMENT DES

droicts, que le Roy en son Conseil a permis
& ordonné estre pris & receus par les acquereurs & possesseurs des Offices de Greffiers
des Insinuations Ecclesiastiques, leurs
Clercs & Commis exerçants lesdits Offices
pour les Insinuations des actes specifiez cy-
apres, & ce par l'aduis des Deputez de
l'Assemblée generale du Clergé de France,
sans que lesdits droicts puissent estre moderez
ny augmentez à l'aduenir pour quelque cau-
se que ce soit.

PREMIEREMENT.

POur l'insinuation des Bulles, Breuets, & expeditions d'Eueschez, serment de fidelité,
actes de main-leuée, prises de possession, & autres expeditions qui seront insinuées ensemble,
trente liures, cy   30. l.

Pour l'insinuation des Bulles d'Abbayes &
Prieurez Consistoriaux, & tous autres actes concernants la prouision & possession d'iceux, quin-
ze liures, cy   15. l.

Pour l'insinuation des Bulles des premieres,
dignitez des Eglises cathedrales, & Prieurez

conuentuels, douze liures, cy   12 l.

Pour les premieres dignitez des Eglises Collegiales, six liures, cy   6. l.

Pour les Signatures obtenuës en Cour de Rome sur resignation, permutation, par mort, De-
uoluts, pour les dignitez d'Eglises cathedrales &
Collegiales, Chanoinies, Prebendes, Prieurez
simples, Offices d'Abbayes & Monasteres, trois
liures, cy   3. l.

Pour les Signatures des Benefices Curez, quarante sols, cy   2. l.

Pour les Vicariats perpetuels, Chappelenies
& Prestimonies, trente sols, cy   30. s.

Pour chacun Acte de Presentation, Nomination, ou Collation des Patrons Ecclesiastiques
ou Laïques, pour tous Breuets du Roy sur les
Benefices autres que Consistoriaux, sera payé
trois liures, cy   3. l.

Pour Visa sur lesdites Signatures en Cour de
Rome, Presentations, Nominations & Breuets,
autant que pour lesdites Signatures, Presentations, Nominations & Breuets, selon la qualité
des Benefices, trois liures, cy   3. l.

Pour les Signatures en forme gracieuse, quatre
liures, cy   4. l.

Pour les institutions de pension sur Benefices
Consistoriaux, six liures, cy   6. l.

Sur les autres trois liures, cy   3. l.

Pour l'extinction des pensions sur Benefices
Consistoriaux, six liures, cy   6. l.

Sur autres trois liures, cy   3. l.

Pour les Expeditiõs faictes en Cour de Rome d'vnion & suppreſſion de Benefices au profit des Communautez, cent liures, cy   100. l.

Pour l'vnion des Benefices faite par l'Ordinaire, ſix liures, cy   6. l.

Pour vne diſpenſe à vn regulier de poſſeder vn Benefice ſeculier, ou à vn ſeculier d'en poſſeder vn regulier, ou de tranſlation d'Ordre, douze liures, cy   12 l.

Diſpence de poſſeder des Benefices incompatibles, douze liures, cy   12. l.

Pour les refus que ferõt les Eueſques ou Chapitres de donner la Collation, ou mettre en poſſeſſion des Benefices, vingt ſols, cy   20. ſ.

Pour tous exploicts de Significations, Reuocations, Emologations, & requiſitions de Benefices, procures de Reſignations, & autres ſemblables actes, vingt ſols, cy   20. ſ.

Pour chacune Priſe de poſſeſſion, quarante ſols, hors celles compriſes cy deſſus, cy   2. l.

Pour chacune Procuration, ſeize ſols, cy 16. ſ.

Pour les Prouiſions de Vicariats, Officiautez, Promotoriats, Greffiers des Eueſques, Chapitres, Patrons, & autres Ordinaires, quatre liures, cy   4. l.

Pour chacune Lettre d'Ordre, huict ſols, cy 8. ſ.

Pour le Tiltre patrimonial pour les Ordres, trois liures, cy   3. l.

Pour les Dimiſſoires, autant que pour les Ordres, trente fols, cy 30. f.

Pour vn Dimiſſoire à tous Ordres, trente fols,
cy 30. f.

Pour chaque Lettre patente d'Indult, trente
fols, cy 30. f.

Pour Lettre de Nomination, fur vn ou plu-
ſieurs Benefices, vingt fols, 20. f.

Pour degré de Licences en Theologie, en
Droiɔ̃t, ou és Arts, douze fols, cy 12 f.

Pour Lettre d'Inſinuation de nom & furnom
des Graduez en temps de Careſme, pour chacune année trente fols, cy 30. f.

Pour Lettre d'atteſtation de temps d'Eſtude,
dix fols, cy 10. f.

Pour chacune dotation, ou fondation de Benefices, Meſſes, Obits, ou extraiɔ̃t de Teſtament
pour legs pieux, trente fols, cy 30. f.

Pour les Lettres de profeſſion & Nouitiat de
Religieux, ou Religieuſe, dix fols, autres que
pour Religieux des Ordtes Mendians ou Reli-
gieuſes, qui feront exempts dudit droiɔ̃t, cy 10. f.

Pour vne Diſpenſe de naiſſance à obtenir Benefices, trois liures, cy 3. l.

Diſpenſe d'Irregularité declaréc & iugée, *ab
homine*, trois liures, cy 3. l.

Diſpenſe de Mariage entre les pauures, cinq
fols, cy 5. l.

Diſpenſe de Mariage entre les riches, quatre
liures, cy 4. l.

Les Baux d'Emphytheose, ou au deſſus de neuf ans, ſix liures, cy   6. l.

Faict au Conſeil d'Eſtat du Roy, tenu à Paris le dernier iour de Decembre, mil ſix cens vingt cinq, Signé De-Lomenie.

Collationné à l'Original par moy
Conſeiller & Secretaire du Roy.

Extraict du Priuilege du Roy.

PAr Lettres patentes du Roy, données à Fontaine-bleau le quatriesme Septembre mil six cens vingt-cinq, signées SAVARY, il est permis, pendant cinq ans, à Antoine Estiene, Imprimeur ordinaire de sa Majesté, outre les trois liures des Edicts du Clergé, déja publiez, d'Imprimer encor' tous les autres Edicts, Lettres patentes, Arrests, & autres choses concernant les affaires du Clergé de France, qui luy seront cy apres baillées par les Agents generaux dudit Clergé: Auec defenses à tous autres de les Imprimer, alterer, vendre, ny distribuer d'autre Impression que dudit Estiene, à peine de mille liures d'amende, confiscation des exemplaires, & de tous dépans, dommages & interests.